Les meilleures histoires de

sorcières

du père castor

© Père Castor Flammarion, 2010
Éditions Flammarion
87, quai Panhard-et-Levassor — 75647 Paris Cedex 13
www.editions.flammarion.com

sommaire

1. Hip ! Hip ! Hip ! sorcière

Sylvie Poillevé
Illustrations de Virginie Fraboulet

Quand vient la nuit d'Halloween, mille petits yeux brillent dans le noir...

Quand vient la nuit d'Halloween, tout le monde se prépare...

Tip-tap, tip-tap... avec ses dents, le squelette joue des castagnettes.

Frout-frout-frout... des ombres se faufilent.

Flip-flap-flip... les ailes des chauves-souris frissonnent.

Mais voilà que, dans la nuit, un drôle de bruit résonne :

Hip !... Hip !... Hip !...

Hourra, la sorcière, a le hoquet !

Entre ses flacons, ses fioles et son chaudron, la sorcière se désespère :

— Misère de **Hip !** misère ! Ce hoquet **Hip !** catastrop' **Hip !** me fait rater toutes mes formules magi' **Hip !**

Pas d'énorme monstre gris, mais une jolie petite souris...
Pas de verrue sur le nez, mais des pois jaunes sur ses souliers...

— Raté ! **Hip !** toujours raté ! Misère de **Hip !** misère ! pleurniche la sorcière.

Hourra mélange, encore une fois, pipi de
chauve-souris et caca d'oie, pour obtenir,
avec sa magie, des serpents énormes et
terrifiants !...
— Abracadab' **Hip !!!!!** Voilà de magnifiques serpents... à plumes ! C'est énerv'
Hip ! ant ! rouspète-t-elle.

Rien dans ses grimoires contre ce maudit hoquet !

Bon sang de bonsoir, quand on s'appelle Hourra, et qu'on est la reine des formules, impossible d'en rester là !

Parmi tous ses livres, Hourra trouve les recettes de son arrière-grand-sorcière !

Nom d'un rutabaga, la solution est là !

À la page « Hoquet », elle trouve trois remèdes :

— Eurêka ! hurle notre sorcière tout en joie.

Boire trois petites gorgées d'eau claire, sur une main, tête en bas et pieds en l'air.

Après avoir essayé, un **Hip !** bien sonore résonne encore.

Hourra continue, sans se décourager.

– *Se faire pincer le petit doigt par son corbeau préféré.*

Hip !... Hip !... Voilà le résultat !

– *Croiser les jambes derrière la tête, et ne plus respirer.*

Au bout de quinze minutes, rouge tomate, Hourra respire profondément, mais... **Hip !... Hip !... Hip !...**

Notre sorcière laisse alors éclater sa colère. Elle hurle, elle tempête, elle gesticule...

Pendant qu'elle s'énerve, toute seule dans sa chaumière, deux petits polissons avancent prudemment vers sa maison.

Perchée sur le toit, une grosse chouette hulule du plus loin qu'elle les voit :

— **Hou-Hou !**... voilà Pipo, le petit rigolo !... **Hou-Hou !**... voilà Piplette, la jolie coquinette !...

— **Chhuuttt !** murmurent Pipo et Piplette, en s'approchant à pas de chat des fenêtres de Hourra.

Ils pouffent en la voyant rouge de colère.

— **Hip ! Hip ! Hip ! Hourra !** se moque Pipo.

— Une sorcière qui hoquette, c'est chouette ! plaisante Piplette.

Encore quelques mots chuchotés, un petit clin d'œil...
et les voilà qui cognent soudain de toutes leurs forces
aux carreaux, en criant :

— **Hou ! Hou !**

Terrorisée, Hourra saute en l'air, en hurlant :

— **Hhiiiiiiiiiiiiii !**

— On a réussi à faire peur à la sorcière, tralalère !
chantent joyeusement les enfants.

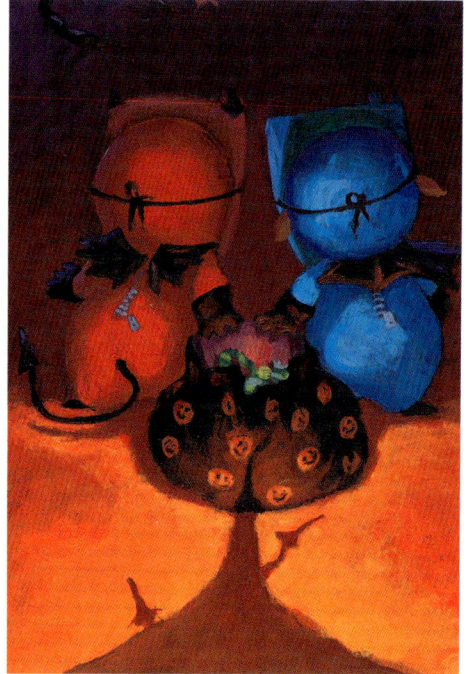

— Et la colère d'une sorcière, vous savez ce que ça peut faire ? crie Hourra, furieuse. Je vais vous transformer en vers de...

Elle s'arrête soudainement de parler.

Fini les **Hip ! Hip !** Son hoquet est parti !

— Youpi ! Vous m'avez guérie ! Un peu de peur m'a réussi ! Voici des bonbons, mes petits !

Tout contents, Pipo et Piplette repartent dans la nuit d'Halloween.

Mais bientôt, un drôle de bruit retentit :

— **Hip !... Hip !... Hip !...** Merc' **Hip !... Hip !...** Hourra, pour tes bonbons aux **Hip !** vers de terre !...

2. PETITE SORCIÈRE A PEUR DE TOUT

Sylvie Poillevé
Illustrations de Myriam Mollier

Mère-Santrouille est une toute petite sorcière.

Personne n'a jamais vu une sorcière à peine plus grosse qu'un chat !

Pourtant, elle est comme ça, Mère-Santrouille.

Perdue sous son grand chapeau pointu, elle a vraiment un drôle d'air.

Être petite, c'est parfois un peu gênant, mais être peureuse, pour une sorcière, c'est beaucoup plus embêtant.

Pourtant, c'est ainsi, Mère-Santrouille a peur de tout, de vraiment tout.

Au moindre cri, au moindre bruit, au plus petit des chuchotis, **Ffrrout !** elle se cache sous son lit.

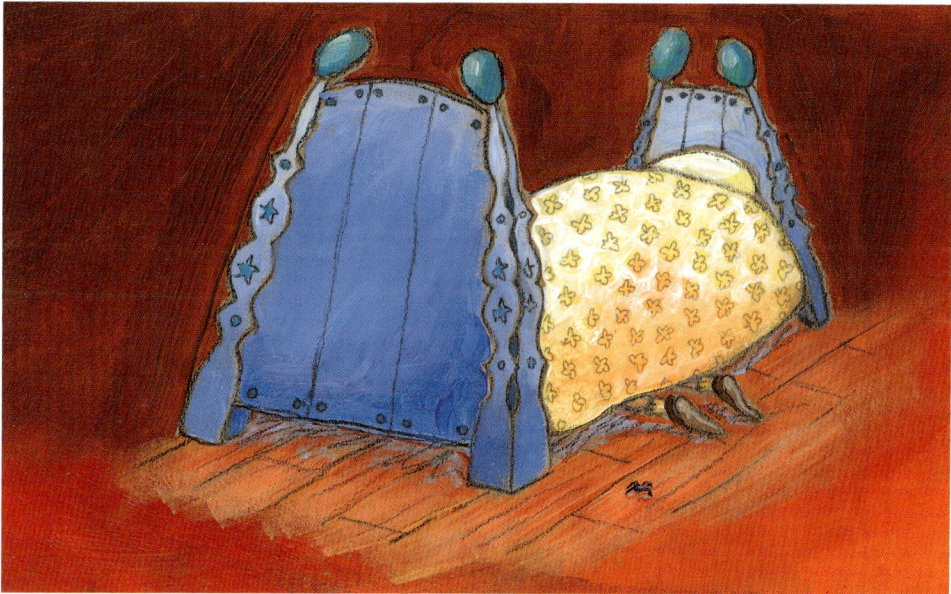

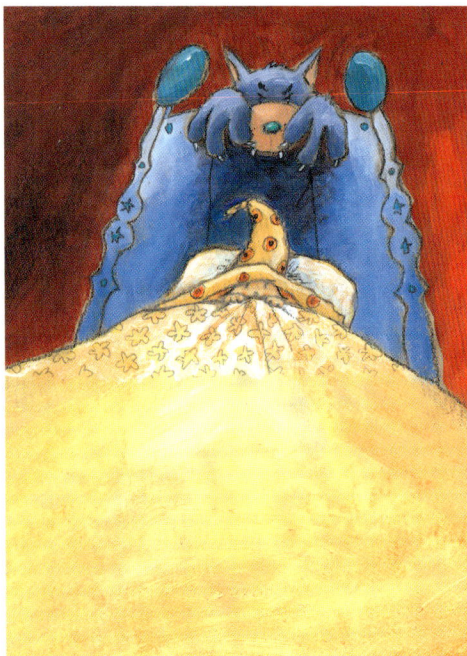

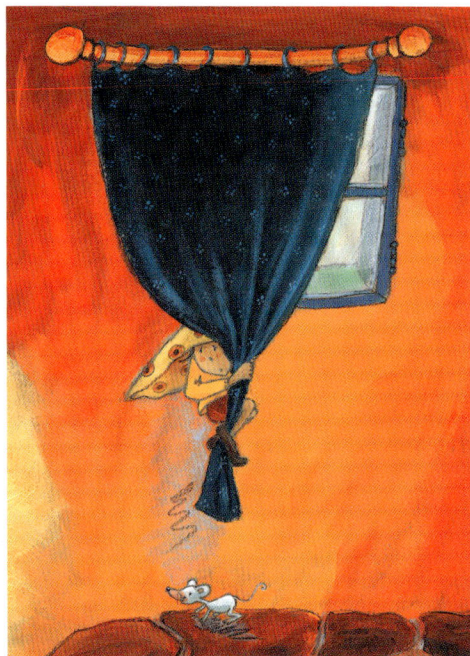

Du matin au soir, Mère-Santrouille sursaute et tressaute et, la nuit, quand tout est noir, elle est sûre que ce n'est pas la chouette qui fait Hou !, mais un fantôme, ou bien le loup : Hou ! Hou !

Elle n'en peut plus, Mère-Santrouille !

Grimper au rideau quand passe une souris, ce n'est pas une vie.

Un jour, elle prend une grande décision : elle va chasser ses peurs à coups de potions.

Dans sa marmite, elle touille une purée d'oignons et des pattes de papillons.

Hum, c'est bon... mais, en plus de ses peurs, Mère-Santrouille a maintenant des boutons !

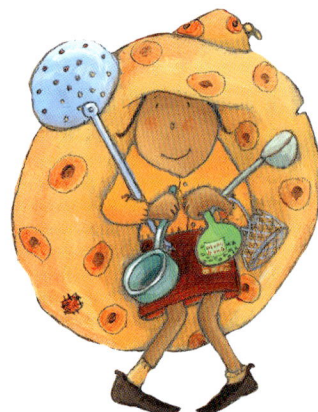

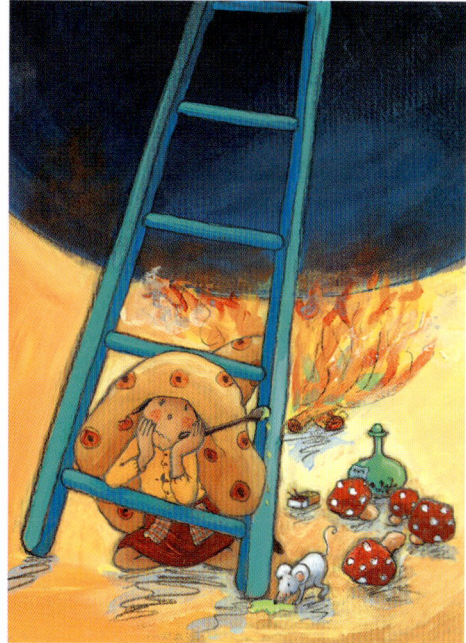

Alors elle essaie une autre potion et fait mijoter dans sa marmite : des champignons à chapeaux rouge et blanc et des queues de serpents.

Hum, c'est excellent... mais, en plus de ses peurs, Mère-Santrouille a maintenant mal aux dents !

Elle ne se décourage pas et mitonne encore : pommes pourries, jus de fourmis et pipi de ouistiti.

Hum, bon appétit... mais, en plus de ses peurs, Mère-Santrouille a maintenant un torticolis !

Mère-Santrouille a vraiment tout essayé, mais elle n'y est pas arrivée.

Aucune solution parmi toutes ces potions.

Au moindre cri, au moindre bruit, au plus petit des chuchotis, elle se cache toujours sous son lit.

Mais un jour, elle trouve dans l'un de ses livres une recette intitulée :
Même pas peur.

Voilà le remède à tous ses soucis !

Excitée, Mère-Santrouille se met à cuisiner.

Elle reprend scrupuleusement la liste des ingrédients : pommes de terre, eau de mer, beurre et citron vert.

Sous son grand chaudron, elle fait un feu d'enfer.

Comme il est écrit, elle attend que ce soit bien cuit.

À peine a-t-elle le temps de mettre sa serviette autour du cou qu'elle a déjà mangé absolument tout.

Après ce repas, rassurée, soulagée, elle s'endort.

Hou ! hulule la chouette dans la nuit.

Mais la petite sorcière ne bouge pas, elle est en train de rêver.

Le lendemain, quand le coq chante, elle ne sursaute pas.

Quand la pluie tombe, elle ne tressaute pas.

Youpi ! Ses peurs se sont envolées !

Elle bondit hors de son lit, et profite bien de sa journée.

Quel bonheur de ne plus avoir peur !

Le soir, Mère-Santrouille veut refaire du **Même pas peur**, sa recette préférée.

Elle feuillette son livre du début à la fin, mais elle ne trouve rien.

Elle recommence : **Même pas peur, Même pas..., Pommes vapeur**.

Tel est le nom exact de la recette !

La petite sorcière était tellement pressée de trouver une solution à ses peurs que, dans la précipitation, elle en a mal lu le nom.

Alors Mère-Santrouille rit de son erreur.

Peu importe, puisqu'elle n'a plus peur !

Depuis ce jour-là, les yeux pleins de malice, Mère-Santrouille a repris ses vieux grimoires avec délices, pour concocter mille remèdes qui guérissent tout, absolument tout !

- Trop de cauchemars : soupe de mouches parfumée au lard.
- Doigts pincés : spaghettis aux pattes d'araignées.
- Bosses à répétition : crème Chantilly aux limaçons.
- Mal aux dents : purée de caca de caïman.
- Mal au cœur : sauté de crapaud au beurre.

Mal au... Mal au...

Mais, quels que soient le problème ou la douleur, Mère-Santrouille conseille de rajouter à tout remède quelques pommes vapeur !

3. mère citrouille

Anne-Marie Chapouton
Illustrations de Gérard Franquin

Charlotte a fait une énorme bêtise. Mais alors, vraiment **ÉNORME** !
Si **énorme** qu'on ne peut même pas dire ce qu'elle a fait.
Et Charlotte a reçu une **ÉNORME** fessée...
— Ça suffit... J'en ai assez des fessées, dit Charlotte.
Et puisque c'est comme ça, je m'en vais chez la mère Citrouille, et on verra
ce qu'on verra, **na** !
Et Charlotte s'en va.
La mère Citrouille habite au bord de la forêt, dans un trou de rocher, avec
un chat noir de mauvaise humeur et un corbeau qui dit des gros mots.
En ce moment, la mère Citrouille surveille son bouillon qui gargouille.

Elle ajoute des petits trucs de temps en temps : un poil de navet, du pipi de grenouille et un paquet de nouilles. Encore quelques toiles d'araignées, un peu de sucre, un peu de sel, un zeste de citron frais, et c'est prêt...
— Voilà qui guérira le père Screugneugneu de sa mauvaise humeur.
Mère Citrouille est ravie et crache sur son chat qui n'aime pas ça.

— Tiens ! Mais c'est une fillette, saperlipopette ! Que veux-tu, petite horreur ? Allons entre, n'aie pas peur !
— Eh bien, Mère Citrouille, dit Charlotte, voilà. C'est ma mère.
Elle m'embête. Et elle me donne des fessées.
Pouvez-vous m'aider ?
— Je vois. Assieds-toi. Je m'en vais lui préparer
un bon petit remède à ma façon.

D'abord, Mère Citrouille pèle une carotte géante. Puis elle la met dans son râpeur automatique qui fait *clic clic clic*. Bientôt, le jus coule dans le chaudron.

Puis elle ajoute : un paquet d'orties passées à la moulinette, de la poudre de saperlipopette, et puis elle tourne, et se met à crier :

— Passe-moi le vinaigre, petite horreur !

Charlotte lui passe le vinaigre. Le chat lui fait *PCHHHT* au passage et le corbeau lui crie toutes les dix secondes des choses terribles :

— Miel de concombre et tacatata, petite siphonnée, je vais te picorer le nez !

Mère Citrouille continue son mélange sur le feu. Elle ajoute encore un gros pot de cirage noir. Puis elle prend un bâton et le trempe dans la crème épaisse. Décidément, ça ne sent pas très bon !

— Tiens, voilà, petite horreur. Donne ça à sucer à ta mère, et tout ira mieux entre vous. Ça fait… voyons… douze billes et un boulard.

« C'est un peu cher », se dit Charlotte. Mais elle tire les billes de sa poche et les tend à la mère Citrouille qui grogne :

— Ne te plains pas du prix, petite horreur. C'est un truc extraordinaire que je te donne là. Tu verras…

— On dirait une sucette…

— Bien sûr que c'est une sucette, petite horreur. Que ça peut être bête, ces enfants ! Allons, fiche-moi le camp ! J'ai d'autres bouillons à faire bouillir.

Et Charlotte s'en va.

En chemin, elle s'arrête dans un champ rempli de pâquerettes.
— Tiens, voilà Gémini, le poney.
Gémini, c'est le grand ami de Charlotte. Elle le caresse, il la lèche.
Et, au passage… il flanque un grand coup de langue à la sucette.
Ça alors… Voilà que sur la tête de Gémini, juste entre les deux oreilles,
il vient de pousser une corne, une corne à rayures du plus étrange effet.
— Heu… au revoir, Gémini, lui crie Charlotte qui s'éloigne en courant et en
disant : « Pourvu que l'effet de la sucette ne dure pas trop longtemps… »

Au détour du chemin, voici Castagnette, la chatte des voisins, qui vient
d'avoir sept petits la semaine dernière.
— Castagnette, ma minette, qu'ils sont jolis tes petits !
Et, tandis que Charlotte câline la petite chatte qui ronronne, les sept
petits lèchent gentiment la sucette… évidemment. Et voilà ! Les sept
bébés chats se couvrent… de plumes. Puis il leur pousse deux belles ailes
à chacun, et ils s'envolent tous les sept, comme ça, *Vrouf !*
— Eh, mes enfants ! crie Castagnette, affolée.
— Lèche, vite, répond Charlotte en lui tendant la sucette,
et tu les rejoindras !

En effet, sitôt Castagnette a-t-elle léché la sucette qu'elle se couvre de plumes, elle aussi, et s'envole, assez maladroitement d'ailleurs, en miaulant.

« Malheur ! se dit Charlotte. Je trouve que cette sucette a des effets bien curieux. Et qu'est-ce que ça donnerait dans la mare ? »

Charlotte trempe sa sucette dans l'eau qui devient orange.

Les nénuphars se gonflent brusquement et s'envolent en grosses bulles blanches.

La grenouille, bien tranquille, se couvre de pastilles roses et se met à faire : « Hi han, hi han... ! »

Quant aux roseaux, au bord de la mare, ils se transforment en spaghettis tout ramollis, et pendent lamentablement sur l'eau.

« Eh bien, je ne m'attendais pas à tout ça, se dit Charlotte ébahie. Maintenant il faut rentrer. »

Mais lorsqu'elle retire la sucette de la mare, il ne reste qu'un bâton : tout a fondu. Charlotte s'éloigne, en se demandant ce qui a bien pu arriver aux têtards, au fond de la mare...

Ont-ils eu la rougeole ?

En chemin, Charlotte se dit : « Allons, tant pis pour la sucette ! De toute façon, c'était une punition de maman un peu grosse pour une fessée au fond pas si grosse que ça... et pour une bêtise assez grosse... »

Pauvre maman... Elle ne sait pas à quoi elle a échappé.

Elle aurait pu se couvrir de plumes et s'envoler.

Ou devenir toute rouge.

Ou encore faire « Hi han hi han... »

Ou encore, avoir une grosse corne, là, sur le front...

Là voilà, cette maman, qui ouvre la porte et dit :
— Tu rentres trop tard, Charlotte, tu auras pris froid... !

Charlotte est un peu embarrassée. Elle tient le bâton de sucette dans sa main, d'un air un peu stupide… Et voici que le bâton se met à grandir, **GRANDIR**, qu'il se transforme en une fleur avec des tas de pétales bleus et violets. Une fleur comme on n'en voit presque jamais, tellement elle est belle.

Maman trouve la fleur si extraordinaire qu'elle la met dans le grand vase de porcelaine de Ching Chong Chang. Et elle fait un énorme baiser à Charlotte.

Et, depuis ce jour, tout va bien entre Charlotte et sa maman.

Quant à la mère Citrouille, qui est toujours au courant de tout, elle rigole doucement en tournant son bouillon qui gargouille.

4. Trop belle sorcière !

Christophe Miraucourt
Illustrations d'Élisabeth Schlossberg

Il était une fois une petite sorcière qui s'appelait Bellaninou.

Elle était belle comme le jour, ce qui était la chose la plus affreuse qui puisse arriver à une sorcière.

Ses parents, qui l'aimaient tendrement, semblaient être les seuls à ne pas avoir remarqué son abominable beauté.

Le jour de sa naissance, toute la famille s'était réunie autour de la petite sorcière.

Bellaninou dormait dans un lit d'os. Elle était bordée dans un drap en toile d'araignée et sa tête reposait sur un oreiller d'ailes de chauves-souris.

Elle portait à ses pieds d'affreux petits chaussons en peau de lézard bouillie.

Quand les grands-parents de Bellaninou la virent pour la première fois, ils n'osèrent pas faire de peine à ses parents. Aussi, ils s'écrièrent :

— Comme elle est laide ! Laide comme une sorcière !

— Qu'elle est affreuse ! affirmèrent ses oncles et ses tantes. Affreuse comme une limace !

— Qu'elle est vilaine ! s'exclamèrent son parrain et sa marraine. Vilaine comme un crocodile !

— Qu'elle est moche ! renchérirent ses cousins et ses cousines. Moche comme un cafard !

Aucun membre de la famille ne voulait vexer les parents de Bellaninou. Tous préféraient mentir, plutôt que de reconnaître que la petite sorcière était horriblement belle.

Tous ces faux compliments sonnaient aux oreilles des parents de Bellaninou comme une agréable musique. Flattés, ils voyaient vraiment leur
petite fille aussi laide que doit l'être une sorcière.

D'ailleurs, ils n'avaient aucune raison de la voir autrement. Ils avaient
déjà trois filles : la première était repoussante comme une serpillière, la
deuxième, moche comme un pou, et la troisième, vilaine comme une
araignée. Elles avaient toutes les trois remporté le concours de Miss
Rance, le Grand Prix de Laideur, décerné chaque année par les sorcières
du monde entier.

Quand Bellaninou grandit, ses parents ne purent longtemps ignorer sa
beauté.

Alors ils tentèrent de l'enlaidir pour qu'elle ressemble à une sorcière.

Ils la déguisèrent avec de vieux habits qui avaient appartenu à son
arrière-grand-tante Cra-Cra, la plus vilaine sorcière de tous les temps,
mais ce n'était pas suffisant.

Alors chaque soir, avant que leur fille se couche, les parents de Bellaninou préparaient dans un grand chaudron un mélange de boue, de vase, d'orties rôties et de pipi de chauve-souris, et lui en tartinaient le visage.

Mais le matin, il n'y avait pas la plus petite verrue, pas le moindre bouton en forme de champignon. Bien au contraire, ce masque étrange rendait la peau de Bellaninou encore plus lisse et plus douce.

Les parents de Bellaninou fabriquèrent aussi un shampooing à base d'algues et de chenilles grillées. Et le soir, avant que leur fille se couche, ils lui enveloppaient les cheveux avec cette mixture, dans un torchon sale.

Mais le matin, il n'y avait pas le plus petit cheveu raide. Bien au contraire, la mixture rendait les cheveux de Bellaninou encore plus souples et plus brillants.

La beauté de Bellaninou était telle qu'elle ressemblait à une princesse.

Pour ses parents, tout allait mal. Plus personne ne leur parlait. La mère de Bellaninou avait même perdu sa place de Présidente d'Horreur du Grand Congrès des Sorcières.

— Avoir une fille aussi belle, cela porte malheur ! disait-on chez les sorcières.

Et celles-ci interdisaient à leurs enfants de jouer avec Bellaninou.

À l'école où Bellaninou apprenait la sorcellerie, mademoiselle Mochette, sa maîtresse, la mettait souvent à l'écart, au chaud dans un placard. Mademoiselle Mochette prétendait être allergique aux belles choses, et la seule vue de Bellaninou lui ôtait des boutons.

Sa mère aurait bien jeté un sort à Bellaninou (il en existait une bonne centaine pour la rendre affreuse), mais cela lui était impossible. Le Code International des Sorcières interdisait à un membre d'ensorceler un autre, sous peine de perdre ses pouvoirs à jamais.

Comme ils ne pouvaient rien y changer, les parents de Bellaninou se résignèrent à ce que leur fille soit différente des autres. D'autant qu'au fil des ans, ça ne s'arrangeait pas. Plus elle grandissait, plus Bellaninou embellissait.

La beauté de Bellaninou était telle qu'elle dépassa les frontières du royaume et, quand Bellaninou atteignit l'âge de quinze ans, des princes vinrent par dizaines demander sa main.

Mais ce n'était pas sans arrière-pensées... Ils convoitaient autant sa beauté que ses pouvoirs de sorcière, qui pouvaient les rendre riches et puissants à jamais.

Pour que Bellaninou accepte de les épouser, ils lui disaient des âneries, d'un ton mielleux :

— Toute la vie, je t'adorerai, mon trésor !

— Est-ce tout ce que tu veux ? demandait alors Bellaninou.

— Je t'adorerais plus encore, si tu faisais apparaître une centaine de coffres remplis de pièces d'or !

Pouf ! Bellaninou les transformait en crapauds.

D'autres disaient des sottises d'une voix doucereuse :

— Si tu m'épouses, je te rendrai à jamais heureuse !

— Est-ce tout ce que tu veux ? demandait finement Bellaninou.

— Je te rendrais encore plus heureuse, si tu faisais apparaître quelques caisses de pierres précieuses.

Pouf ! Ils allaient rejoindre les autres crapauds.

D'autres encore lui soufflaient des bêtises :

— Tu es si belle, mon petit oiseau !

— Est-ce tout ce que tu dis ? demandait Bellaninou, qui connaissait déjà la réponse.

— Je te trouverais encore plus belle si, grâce à ta magie, nous pouvions vivre dans un grand château !

Pouf ! Pouf ! Pouf ! La mare voisine se remplissait ainsi de crapauds. Bellaninou se sentait bien seule.

— Quelle tristesse d'être aussi belle ! se désolait-elle. Aucune sorcière ne veut être mon amie, et les princes ne s'intéressent qu'à mes pouvoirs de sorcière.

Alors, en attendant, elle jetait des sorts aux imprudents qui s'égaraient près de chez elle.

Un jour, alors qu'elle se promenait dans la forêt, Bellaninou tomba nez à nez avec un jeune homme pas très beau qui chevauchait un cheval.

Elle s'apprêtait à le changer en crapaud, quand le cheval se cabra et fit tomber son cavalier.

— Aïe ! Mes pauvres fesses ! dit le jeune homme en se relevant.

Bellaninou se mit à rire.

— Je ne vois pas ce qu'il y a de drôle ! ronchonna le cavalier, vexé.

— Qui es-tu ? demanda Bellaninou.

— Je suis un prince ! répondit le jeune homme en se redressant fièrement. Je viens épouser la plus belle femme du royaume. On dit qu'elle vit ici, et que c'est une sorcière.

— Comment s'appelle-t-elle ? questionna tristement Bellaninou, qui savait déjà ce que le prince allait répondre.

— Bellaninou !

— Tu l'as devant toi, soupira la jeune sorcière.

Le prince rougit.

— C'est… c'est… vrai ?

Ému, le jeune homme bafouillait.

Bellaninou trouva ce prince charmant. Elle aimait beaucoup cette timidité, qui le rendait si différent des autres princes.

— Est-ce tout ce que tu veux ? demanda-t-elle.

Elle devinait ce qu'il allait réclamer : de l'or ou des trésors, de l'argent ou des diamants, la lune ou la fortune… mais elle se trompait.

— Je veux juste t'épouser, dit-il d'une voix plus ferme. Rien d'autre.

Bellaninou aurait bien aimé se jeter à son cou, et lui dire qu'elle acceptait, mais comment être sûre que le prince ne mentait pas ? Il était peut-être plus malin que les autres et, une fois qu'ils seraient mariés, il l'obligerait à exaucer tous ses vœux.

— Je vais réfléchir, dit Bellaninou. Si tu m'aimes assez pour venir manger chez moi, demain, nous en reparlerons.

Bellaninou pensait qu'il refuserait, mais elle se trompait. Le lendemain, le prince vint.

Elle lui servit le menu suivant :

Rillettes de crapaud, Lézard farci aux petites sauterelles, Gâteau au chocolat et à la confiture de limaces

Le prince mangea tout sans rien dire. À la fin du repas, Bellaninou lui demanda :

— Est-ce que tu t'es régalé ?

— Berk ! grimaça le jeune prince. C'était dégoûtant. Si tu acceptes de m'épouser, je cuisinerai moi-même.

Bellaninou soupira de soulagement. S'il avait prétendu que le repas était délicieux, elle l'aurait changé immédiatement en crapaud. Apparemment, il préférait dire la vérité...

— Veux-tu m'épouser ? demanda à nouveau le prince.

— Je vais réfléchir encore un peu, dit Bellaninou. Si tu m'aimes assez pour me rejoindre à l'école demain, nous en reparlerons.

Bellaninou pensait qu'il refuserait, mais elle se trompait.

Le jour d'après, le prince vint, juste quand mademoiselle Mochette apprenait à ses élèves quelques formulettes pour accommoder les chauves-souris en brochettes.

Mademoiselle Mochette aurait bien changé le prince en pâtée pour chat, mais Bellaninou ne lui en laissa pas le temps. Elle dit :

— Cornichoupeau ! Cornichoupette ! En araignée mademoiselle Mochette !

Pouf ! L'institutrice se changea aussitôt en araignée, et Bellaninou la rangea dans le placard, celui-là même où mademoiselle Mochette l'enfermait parfois.

Bellaninou avait jeté un sort à une sorcière. Du même coup, elle avait aussitôt perdu tous ses pouvoirs.

— Je suis devenue une femme ordinaire, dit Bellaninou au jeune prince. Est-ce que tu veux toujours m'épouser ?

— Oui ! cria-t-il. Toujours !

Une fois mariés, ils vécurent heureux dans le grand château que le père du prince avait offert aux époux.

Quant au prince, il tint la promesse qu'il avait faite à Bellaninou : c'était lui qui cuisinait, et personne ne s'en plaignait !

5. sorcinette à roulettes

Fanny Joly
Illustrations de Bruno Gibert

Dans la famille Dubalai, sorciers de père en fils et de mère en fille, voici Sorcinette, la cadette.

Les Dubalai sont vraiment forts en sorcellerie.

Sorcipapou, le père, met au point les formules les plus magiques du quartier.

Sorcimamma, la mère, mijote les potions les plus fumantes.

Sorcino, le frère, réussit des transformations que même les sorciers diplômés n'osent pas tenter. Ainsi, dernièrement, il a changé une grenouille en... plat de nouilles ! Et un crapaud en... pot de chambre !

Chaque année, à la Grande Parade des sorciers organisée par Sorcimoche, la patronne des sorciers de Sorceville, les Dubalai remportent le Chaudron d'Or, la plus haute récompense... celle que toutes les familles rêvent de gagner.

Ils ont tellement de Chaudrons d'Or qu'ils ne savent plus où les ranger. Leurs placards en sont pleins. Leurs étagères aussi. Et même leur cave et leur grenier.

Et Sorcinette, dans tout ça ?
Eh bien ! ça ne va pas très fort...
À sa naissance, Sorcipapou et Sorcimamma ont tout de suite vu qu'elle n'avait ni nez crochu, ni poils, ni verrues.
Quand ils lui ont mis son chapeau, elle a pleuré...

En faisant ses premiers pas, elle s'est pris les pieds dans sa robe...
Les Dubalai étaient inquiets.

Sorcipapou a essayé d'apprendre à Sorcinette quelques formules magiques de base. Comme : **Gratamoulinotrephonomikiploucofudu,** qui fait pousser des cornes biscornues, ou **Metacapitrufinipolourkoduro-minuzini,** qui transforme les ennemis en confettis.
Mais Sorcinette a tout mélangé.
Elle a transformé un caillou en ennemi. Et fait pousser des cornes biscornues... à sa grand-mère, Sorcimémère.
Sorcimamma a voulu lui apprendre le b.a.-ba des potions. Comme le mélange de poils de rat, de bave d'escargot et de cervelle de hanneton, qui donne d'atroces démangeaisons. Ou la ratatouille de citrouille aux asticots et au fromage pourri, qui rend idiot.
Mais Sorcinette s'est trompée.

Tout a brûlé dans le chaudron. Et c'est son grand-oncle, Sorcitonton, qui a eu d'atroces démangeaisons.

Son frère, Sorcino, a tenté de lui montrer une transformation ultrasimple : changer un bâton en saucisson. Mais Sorcinette a raté son coup. Le bâton sautait partout en tapant tout le monde comme un fou.

Le jour où les parents de Sorcinette ont voulu lui apprendre à voler en balai, elle est restée plantée en haut d'un arbre. À se balancer, comme une noix de coco.

— Dis : **Bougedelagronulpatamerchonagudlo** ! lui criait Sorcipapou.

(C'est la formule pour décoincer les balais.)

Sorcinette a répété la formule de travers. Le balai est resté coincé, mais à l'envers.

Finalement, Sorcipapou a été obligé de décoincer lui-même Sorcinette avec son balai-remorqueur. Sorcimamma faisait le guet autour de l'arbre. Les Dubalai avaient honte. Ils ne voulaient pas que les voisins voient ça. Personne n'est plus méchant, médisant et malfaisant que les sorciers entre eux, évidemment.

À présent, Sorcinette a sept ans.

Les Dubalai doivent la présenter avec eux à la Grande Parade. À Sorceville, c'est le règlement.

Plus le jour de la Grande Parade approche, plus les Dubalai sont inquiets.

— Sorcinette va nous faire perdre ! dit Sorcipapou, un soir.

— Il faut la cacher ! continue Sorcino.

— On dira qu'elle est malade ! ajoute Sorcimamma.

Et cric-crac, ils enferment Sorcinette à la cave, avec une réserve de jus de hibou et de biscuits à la chauve-souris.

Sorcinette n'est pas triste du tout. Elle est bien contente, au contraire. La cave est tranquille et fraîche.

Et Sorcinette adore bricoler.

Elle regarde autour d'elle, partout : des scies, des marteaux, des tournevis, des pinces, des clous…

Sorcinette a une idée. Elle travaille d'arrache-pied, durant sept jours et sept nuits.

Elle scie, elle colle, elle visse, elle cloue.

Un beau soir, elle a terminé. En deux coups de lime, elle ouvre le soupirail et sort au clair de lune faire un essai.

Sorcimoche, la patronne des sorciers, passe dans la rue juste à ce moment-là.

— Qu'est-ce que c'est que cet engin ? glapit Sorcimoche.

— C'est mon idée ! répond Sorcinette.

— **Abracadabrantextraordinaire** ! s'écrie la sorcière.

En effet, Sorcinette a fabriqué une trottinette qui peut aussi bien rouler sur terre que flotter sur l'eau, ou voler dans les airs !

— Comment t'appelles-tu ? demande Sorcimoche.

— Sorcinette Dubalai !

— Sorcinette Dubalai ? Mais je ne t'ai jamais vue...

— J'habite la troisième maison à gauche dans...

— Oui, oui, je sais ! Allons-y !

Sorcinette fait monter Sorcimoche sur sa trottinette, et elles foncent chez les Dubalai.

— Votre fille... commence la patronne dès que Sorcimamma entrouvre la porte.

Les Dubalai sont terrorisés, persuadés que Sorcinette a encore fait une boulette et que Sorcimoche va leur jeter un sort, les faire bouillir, leur couper la tête...

— Excusez-nous ! Pardon, pardon, on ne le refera plus ! répètent Sorcipapou, Sorcimamma et Sorcino, en se jetant aux pieds de Sorcimoche.

— Quoi quoi quoi ? Qu'est-ce que vous ne referez plus ?

— On ne sait pas, mais on ne le refera plus, c'est juré !

— Je vous jure que vous allez le refaire, au contraire ! tempête Sorcimoche.

Le lendemain, avant de donner le départ de la Grande Parade, Sorcimoche déclare que la trottinette de Sorcinette est une invention géniale, qui démode complètement le balai, et que tous les sorciers de Sorceville devront désormais circuler sur des trottinettes pareilles.

Bien sûr, cette fois encore, les Dubalai ont gagné le Chaudron d'Or. Avec un prix spécial pour Sorcinette : une mini-trottinette en os de chouette. Depuis, la maison de la rue des Maléfices s'est transformée en usine : Sorcipapou, Sorcimamma et Sorcino fabriquent des trottinettes. Et Sorcinette ? Elle réfléchit à de nouvelles inventions...

6. La petite sirène

H. C. Andersen
Illustrations de Charlotte Gastaut

Au loin, très loin à l'horizon, la mer est plus bleue que le bleuet, plus limpide que le cristal, mais si profonde qu'il est impossible d'y jeter l'ancre. Des milliers de poissons multicolores frétillent dans ces eaux cristallines. Des milliers de fleurs délicates ondulent, bercées par les douces vagues des profondeurs marines.

C'est là, tout en bas, que vivait le roi de la mer. Il était veuf depuis des années, et sa vieille mère l'aidait à élever ses filles, six petites princesses charmantes, douées de voix merveilleuses.

La plus jeune était la plus belle : une peau fine d'un blanc éclatant et des yeux aussi bleus que le fond de l'Océan. Comme ses sœurs, elle n'avait ni jambes ni pieds, mais une longue queue de poisson.

Son plus grand plaisir était d'écouter les récits de sa grand-mère sur le monde d'en-haut, où vivent les hommes. Elle s'émerveillait sans se lasser de ce que, sur la terre, les fleurs ont un parfum et que les forêts y sont vertes. Ce monde inconnu, elle ne pourrait le découvrir, comme ses sœurs, qu'à l'âge de quinze ans.

Sa sœur aînée monta la première à la surface. À son retour, elle parla de la grande ville où scintillaient mille lumières, du tintement de ses cloches, du joyeux brouhaha des hommes.

L'année suivante, ce fut au tour de la deuxième. Elle raconta que le spectacle le plus ravissant était celui du coucher du soleil, quand le ciel devient comme de l'or.

Puis vint le tour de la troisième sœur. Elle décrivit les forêts magnifiques, les vertes collines et les jolis enfants qui savaient nager, bien qu'ils n'aient pas de queue de poisson.

La quatrième sœur admira à son tour le spectacle de la pleine mer, les bateaux qui croisaient au loin, les dauphins qui faisaient des culbutes et les baleines qui lançaient des jets d'eau.

Le tour de la cinquième sœur tomba en hiver. Elle vit les éclairs rouges plonger dans la mer noire et illuminer des montagnes de glace.

Chacune, au bout d'un mois, finissait par penser que rien ne valait le monde d'en bas. La plus jeune, elle, attendait avec impatience que vienne son tour de découvrir ce monde qui l'attirait tant.

Et, enfin, la petite sirène eut quinze ans. Au crépuscule, elle leva la tête hors de l'eau. Elle fut aussitôt émerveillée par un grand voilier, scintillant de lumières. Elle nagea jusqu'au hublot du salon et aperçut une foule de personnes élégantes. La plus belle de toutes était un jeune prince aux grands yeux noirs. Il fêtait joyeusement son seizième anniversaire. La petite sirène ne pouvait se lasser de l'admirer.

Soudain les vagues enflèrent, des nuages noirs s'amoncelèrent, il y eut des éclairs. Une formidable tempête se préparait et le navire tanguait sur la mer en colère. Bientôt le mât se brisa comme un roseau et l'eau pénétra dans la coque.

La petite sirène vit le jeune prince s'enfoncer dans les flots impétueux. Elle fut d'abord contente qu'il descende vers elle, puis elle se rappela que les hommes ne peuvent vivre dans l'eau. Alors, elle plongea et nagea jusqu'au jeune prince, qui, épuisé, ne pouvait plus lutter. Elle tint sa tête au-dessus de l'eau et avec lui se laissa porter par les vagues.

Le matin, le beau temps était revenu. La petite sirène nagea jusqu'au rivage et y coucha le prince qui n'avait toujours pas ouvert les yeux. Elle déposa un baiser sur son front et souhaita que le soleil lui redonne vie.

Bientôt des cloches se mirent à sonner et la petite sirène se cacha derrière des rochers. Une jeune fille ne tarda pas à s'approcher. D'abord effrayée, elle courut ensuite chercher de l'aide.

La petite sirène vit que le prince reprenait vie et souriait à ceux qui l'entouraient. Lorsqu'il fut conduit dans un grand bâtiment, elle plongea et retourna, triste et pensive, au palais de son père. Ses sœurs lui demandèrent ce qu'elle avait vu là-haut, mais elle ne raconta rien.

Plus d'une fois, elle retourna à l'endroit où elle avait laissé le prince, mais celui-ci avait disparu.

Elle finit par confier son secret à ses sœurs qui le répétèrent à leurs amies. L'une d'elles connaissait le prince, savait d'où il venait et où était son royaume.

La petite sirène découvrit ainsi le château du prince. Elle revint très souvent dans cet endroit enchanteur, nageant sous le balcon du prince et restant à le regarder alors qu'il se croyait seul.

Chaque jour, elle rêvait un peu plus au monde fascinant des hommes. Elle voulait toujours en savoir davantage et interrogeait sans cesse sa grand-mère.

— Si les hommes ne se noient pas, peuvent-ils ne pas mourir ? lui-demanda-t-elle un soir. Sont-ils éternels ?

— Non, répondit sa grand-mère. Ils vivent moins longtemps que nous. Quand nous mourons, au bout de trois cents ans, nous nous transformons en écume à la surface de la mer, et tout est fini. Les hommes, eux, ont une âme qui vit éternellement après leur mort.

— Que puis-je faire, soupira la petite sirène, pour acquérir une âme immortelle ?

— Il faudrait qu'un homme t'aime à la folie et qu'il t'épouse en te jurant
fidélité. Alors, son âme se communiquerait à ton corps, et tu aurais aussi
une part du bonheur des hommes. Mais c'est impossible. Ta magnifique
queue de poisson, les hommes la trouvent monstrueuse et lui préfèrent
les deux lourdes colonnes qu'ils appellent des jambes.

La petite sirène retourna tristement dans son jardin et se mit à réfléchir.
Elle se sentait prête à tout risquer pour gagner l'amour du prince et obtenir une âme immortelle.

La princesse se résolut à aller trouver l'horrible sorcière de la mer. L'effroi
faisait battre son cœur mais elle s'élança bravement au travers des buis-
sons hideux, dont les branches gluantes cherchaient à l'agripper.

Dès qu'elle l'aperçut, la sorcière éclata d'un rire abominable :

— Viens par ici, ma belle ! Je sais ce qui t'amène. Tu veux te débarrasser de ta queue de poisson, et que le prince t'aime, t'épouse et te donne une âme immortelle ! Je peux te préparer une boisson qui changera ta queue en deux jambes. Mais tu auras très mal. Tes pas seront gracieux, mais chacun d'eux te causera autant de douleur que si tu marchais sur des lames de rasoir. Es-tu prête à souffrir ?

— Oui, répondit la petite sirène d'une voix tremblante.

— Attention, reprit la sorcière, tu ne redeviendras jamais sirène. Si tu ne gagnes pas l'amour du prince, tu n'auras pas d'âme immortelle. Et s'il se marie avec une autre, ton cœur se brisera et tu ne seras plus que de l'écume de mer.

— Je le veux, dit la petite sirène, pâle comme une morte.

— En paiement, poursuivit la sorcière, tu me donneras ta voix, la plus ravissante jamais possédée par une habitante du fond de la mer.

— Mais alors, que me restera-t-il ?

— Ta charmante figure, ta marche légère et tes yeux qui parlent ; c'est assez pour séduire le cœur d'un homme.

La princesse se laissa couper la langue et reçut la fiole qui contenait la boisson magique.

Le soleil n'était pas encore levé lorsque la sirène arriva au château du prince. Elle but l'affreux breuvage et ce fut comme si une épée lui traversait le corps ; elle s'évanouit et resta comme morte. Lorsqu'elle se réveilla, le charmant prince fixait sur elle ses yeux noirs. Elle baissa les siens et constata que sa queue avait fait place à deux jambes gracieuses.

Le prince lui demanda qui elle était et d'où elle venait ; elle le regarda d'un air doux et désolé, car elle ne pouvait parler. Alors, il lui prit la main pour la conduire au château. Chaque pas, comme la sorcière l'en avait prévenue, lui causait des douleurs atroces ; cependant, elle montait l'escalier légère comme une bulle.

Tout le monde admirait sa démarche gracieuse et ondoyante, et surtout le prince. Il annonça qu'elle resterait toujours auprès de lui. Tous ignoraient les souffrances qu'elle endurait en marchant et en dansant.

La nuit, elle descendait secrètement l'escalier de marbre et rafraîchissait ses pieds brûlants dans l'eau de la mer, et songeait au château de son père, et à sa famille...

De jour en jour, elle devenait plus chère au prince, mais il l'aimait comme on aime un enfant affectueux, et n'avait pas la moindre idée d'en faire sa femme.

« N'est-ce pas moi que tu aimes le plus de toutes ? » semblaient dire les yeux de la petite sirène, lorsqu'il la prenait dans ses bras et déposait un baiser sur son beau front.

— Oui, tu m'es la plus chère, disait le prince, car c'est toi qui as meilleur cœur. C'est toi qui m'es le plus dévouée, et tu ressembles à celle qui m'a sauvé la vie. Elle est la seule que je pourrais aimer d'amour dans ce monde, mais tu lui ressembles, parfois même tu remplaces son image dans mon âme.

« Hélas ! il ne sait pas que c'est moi qui lui ai sauvé la vie ! » se désespérait la petite sirène.

Un jour, le roi décida de marier le prince avec la fille du roi voisin. Il équipa un superbe vaisseau et tous montèrent à bord.

— Je verrai la princesse, dit le prince à la petite sirène qui l'accompagnait, puisque mes parents l'exigent, mais je n'en ferai pas ma reine, elle ne ressemblera pas à celle qui m'a sauvé. Si je devais un jour choisir une fiancée, ce serait plutôt toi, mon enfant trouvée, muette aux yeux qui parlent.

Et il déposa un baiser sur sa longue chevelure.

Au matin, le vaisseau entra dans le port du roi voisin. Des hautes tours, les trompettes sonnèrent et les soldats se rangèrent sous leurs drapeaux flottant au vent. Le roi et sa fille attendaient leurs visiteurs sur le quai. La petite sirène dut reconnaître que jamais elle n'avait vu plus charmante personne, une peau si délicate et des yeux bleu sombre si séduisants.

— Mais... c'est toi qui m'as sauvé la vie ! s'écria le prince. C'est trop de bonheur !

Et il serra dans ses bras sa jolie fiancée rougissante.

Toutes les cloches carillonnaient. Dans la cathédrale, les deux fiancés se donnèrent la main et furent bénis par l'évêque. La petite sirène, en robe de soie et d'or, tenait la traîne de la mariée, mais elle ne voyait pas la cérémonie, elle pensait à tout ce qu'elle avait perdu.

Le soir, le prince et sa jeune épouse montèrent à bord du vaisseau. Les voiles se gonflèrent au vent et le grand voilier glissa sur la mer limpide. Les marins dansaient joyeusement sur le pont et la petite sirène se joignit à eux. Nul n'avait jamais vu danseuse aussi légère. Mais elle ne cessait de penser à celui pour qui elle avait abandonné sa famille, donné sa voix exquise et souffert des tourments infinis. C'était la dernière fois qu'elle respirait le même air que lui, qu'elle admirait la mer profonde et le ciel étoilé. Jusqu'à minuit, la joie et la gaieté régnèrent ; puis les jeunes époussés se retirèrent sous leur magnifique tente et tous allèrent se coucher.

La petite sirène, demeurée seule, regardait du côté de l'aurore ; elle savait que le premier rayon du soleil allait la tuer. Elle vit alors ses sœurs sortir de la mer. Leurs longues chevelures ne flottaient plus au vent : on les avait coupées.

— Nous les avons données à la sorcière en échange de ce poignard. Avant le lever du soleil, enfonce-le dans le cœur du prince et, quand son sang jaillira sur tes pieds, tu redeviendras sirène ! Tu pourras revenir avec nous au fond de la mer. Dépêche-toi, l'un de vous deux doit mourir avant l'aube !

Elles poussèrent un profond soupir et disparurent dans les flots. La petite sirène écarta le rideau de la tente, le couteau à la main. Elle vit la charmante mariée qui dormait, la tête sur la poitrine du prince. Elle déposa un doux baiser sur son front, leva le bras armé du poignard... et le lança loin dans les vagues.

Elle jeta un dernier regard sur le prince qu'elle avait tant aimé et se précipita à son tour dans les flots.

À ce moment, le premier rayon du soleil jaillit sur la mer. La petite sirène ne se sentit pas mourir, mais vit flotter près d'elle dans les airs mille et une créatures transparentes. Elle s'aperçut qu'elle avait un corps comme le leur et qu'elle s'élevait au-dessus de l'écume.

La petite sirène entendit une mélodie céleste, qu'aucune oreille humaine n'aurait pu entendre.

« Tu as souffert et accepté la douleur, et tu t'es élevée au monde des esprits de l'air, tu peux toi aussi par tes bonnes actions te créer une âme immortelle. »

Et la petite sirène versa des larmes pour la première fois. Tournant ses yeux vers le grand voilier, elle vit le prince avec sa belle épousée qui regardait avec tristesse les vagues. Invisible, elle leur sourit et, avec les autres filles de l'air, monta sur le nuage rose qui voguait dans le ciel.

Dépôt légal : avril 2010
ISBN : 978-2-0812-3000-2 — L.01EJDN000473. N001
Imprimé par Tien Wah Press (Asie) — 01/10
Loi n°49-956 du 16 juillet 1949 sur les publications destinées à la jeunesse